ABUELO
AND
THE THREE BEARS

By Jerry Tello
Illustrated by Ana López Escrivá

ISBN 0-590-04320-X

32   16/0

Printed in the U.S.A.
First Scholastic printing, April 1997   40

It was a quiet Sunday. Emilio and his grandfather sat on the front porch.

"Abuelo," said Emilio, "do we have to wait much longer? When will everybody get here?"

"Your cousins will arrive soon," Abuelo answered, "and we'll have a fine dinner. I'll tell you a story to help pass the time."

Once there were three bears who lived in the woods—
Papá Bear, Mamá Bear, and their little Osito. One Sunday
morning, Papá Bear woke up as grumpy as ever. Then he
smelled something good. "Mmmm, frijoles!" he said.

"Abuelo, you're joking!" laughed Emilio.
"Bears don't like beans!"
"Well, all the bears I know like frijoles,"
said Abuelo.

4

Papá Bear got up and rushed down to the kitchen.
"Buenos días," said Papá Bear to Mamá Bear and Osito.

Papá Bear sat down at the table and tucked a napkin under his chin. "How are the frijoles? Are they ready yet?" he asked. "Yes," answered Mamá Bear, "but they're still too hot to eat."

"I can't wait," said Papá Bear. "I'm so hungry I could eat an elephant."

"Abuelo," said Emilio, "bears don't eat elephants."

"Emilio," answered Abuelo, "you must never argue with a hungry bear."

Stubborn Papá Bear didn't listen to Mamá Bear's warning.

"¡Ay!" he growled, jumping out of his chair. "These beans are too hot!"

"I told you so," said Mamá Bear. "Why don't we take a walk into town while they cool?"

"All right," grumbled Papá Bear, whose mouth was still burning. So the bears left their breakfast to cool and went out.

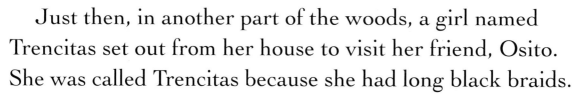

Just then, in another part of the woods, a girl named
Trencitas set out from her house to visit her friend, Osito.
She was called Trencitas because she had long black braids.

"Abuelo," Emilio called out, "the girl in
this story is called Goldilocks and she has
blond hair."

"Goldilocks?" Abuelo shrugged. "In my story
it was Trencitas with her long black braids who
came to visit. And she was hungry, too!"

When Trencitas arrived at Osito's house, she noticed that the door was open. So she stepped inside and followed her nose until she came to the three bowls of beans.

First Trencitas tasted some beans from the great big bowl, but they were too hot. Then she tasted some from the medium-sized bowl, but they were too cold. Finally she tasted some from the little bowl, and they were just right. So she finished them all up.

Now Trencitas decided to sit in the living room and wait for the bears to return. She sat in the great big chair, but it was too hard. She sat in the medium-sized chair, but it was too soft. Then she sat in the little chair, and it was just right until... CRASH!

"Abuelo, what's Trencitas going to do?" asked Emilio. "She broke her friend's chair."

"Don't worry," Abuelo said. "She'll come back later with glue and leave it like new."

Trencitas was feeling very sleepy. She went upstairs to take a rest. First she tried the great big bed, but the blanket was scratchy. Then she tried the medium-sized bed, but it was too lumpy. Finally she tried the little bed. It was too small, but it was so cozy and soft that Trencitas soon fell asleep.

When the three bears came home, Papá Bear headed straight to the kitchen to eat his frijoles.

"¡Ay!" he growled when he saw his bowl. "Somebody's been eating my beans."

"And somebody's been eating my beans," said Mamá Bear.

"And there's only one bean left in my bowl," said Osito.

Then the three bears went into the living room.

"¡Ay!" said Papá Bear, when he saw that his chair had been moved. "Somebody's been sitting in my chair."

"And somebody's been sitting in my chair," said Mamá Bear.

"And my chair is all over the place!" said Osito.

The three bears climbed the stairs to check out the bedrooms. Papá Bear went first. Mamá Bear and Osito followed behind him.

"¡Ay!" said Papá Bear, when he looked in the bedroom. "Somebody's been sleeping in my bed."

"And somebody's been sleeping in my bed," said Mamá Bear.

"Look who's sleeping in my bed!" said Osito. He ran over to Trencitas and woke her up. Then they all had a good laugh.

By now it was getting late. Mamá Bear said they'd walk Trencitas home to make sure she got there safely.

Papá Bear did not like this idea. "Another walk!" he growled. "What about my frijoles?"

"There'll be beans at my house," offered Trencitas.

"I'll bet that made Papá Bear happy," said Emilio.

"You're right," said Abuelo. "Here's what happened next . . . ."

13

When they all arrived at Trencitas's house, they sat down at a long table with Trencitas's parents, grandparents, uncles, aunts, and lots of cousins. They ate pork and fish and chicken and tortillas and beans and salsa so hot it brought tears to their eyes. And they laughed and shared stories.

"So you see, Emilio," said Abuelo, "Papá Bear had to wait a long time to eat his frijoles. But, in the end, he had a wonderful meal and lots of fun, just as you will when your cousins arrive."

"Is that the end of the story?"
Emilio asked.

"Yes," answered Abuelo, "and
it's the end of your waiting, too!"

GLOSSARY

Abuelo	Grandfather
Osito	Little Bear
Frijoles	Beans
Buenos días	Good morning
¡Ay!	Oh!
Trencitas	Little Braids
Tortillas	Thin corn pancakes
Salsa	Spicy tomato and chile dip

Era un domingo tranquilo. Emilio y su
abuelo platicaban en el porche.

—Abuelo, ¿cuánto tiempo tenemos que esperar?
—preguntó Emilio—. ¿Cuándo van a llegar mis
primos?

—Ya estarán por llegar y podremos comer
—contestó el abuelo—. Para que pase más rápido
el tiempo voy a contarte un cuento.

Había una vez tres osos que vivían en el bosque:
Papá Oso, Mamá Osa y su hijo, Osito. Un domingo
Papá Oso se despertó como siempre, de mal humor.
Pero enseguida olió algo sabrosísimo.

—Mmmm, frijoles —dijo Papá Oso.

—Abuelo, es una broma, ¿no? —exclamó
Emilio riéndose—. ¡A los osos no les gustan
los frijoles!

—A los osos que yo conozco les gustan
los frijoles —dijo el abuelo.

4

Papá Oso se levantó y bajó apurado a la cocina.
—Buenos días —les dijo a Mamá Osa y a Osito.

—¿Cómo van esos frijoles? —Papá Oso se sentó a la mesa y se ató la servilleta al cuello—. ¿Ya están listos?

—Sí —contestó Mamá Osa—. Pero están muy calientes todavía.

—Pues, no puedo esperar —dijo Papá Oso—. Tengo un hambre que me comería un elefante.

—Abuelo —dijo Emilio—, los osos no comen elefantes.

—Emilio, no se discute con un oso hambriento —le contestó su abuelo.

El cabezudo Papá Oso no prestó atención a la advertencia de su esposa.

—¡Ay! —aulló, dando un salto al probar los frijoles—. Todavía están muy calientes.

—Te lo dije, Papá Oso. ¿Qué tal si dejamos que se enfríen y mientras tanto nos damos un paseo por el pueblo? —sugirió Mamá Osa.

—Está bien, vamos —gruñó Papá Oso, con la boca que todavía le ardía. Entonces los osos dejaron su desayuno sobre la mesa para que se enfriara y salieron para el pueblo.

En ese mismo instante, en otra parte del bosque, una niña llamada Trencitas salía de su casa para visitar a su amigo, Osito. La llamaban Trencitas por sus trenzas largas de pelo muy negro.

—Abuelo —interrumpió Emilio—, la niña del cuento se llama Ricitos de Oro porque es muy rubia.

—¿Ricitos de Oro? Ah, no sé —dijo el abuelo—. En este cuento es Trencitas la que va de visita, con sus trenzas largas de pelo muy negro. ¡Y con mucha hambre!

Al llegar a la casa de Osito, Trencitas se encontró con la puerta abierta. Entonces entró y al oler los frijoles, siguió derechito hasta que su nariz se topó con la mesa con los tres tazones.

Primero Trencitas probó los frijoles del plato grandote, pero estaban calientes. Luego probó los del plato mediano, pero ya estaban fríos. Por fin probó los del más pequeñito. Estaban perfectos. Y tanto le gustaron, que se los terminó.

Luego Trencitas decidió esperar en la sala hasta que volvieran los osos. Se sentó en la silla grandota, pero era muy dura. Se sentó en la silla mediana, pero era muy blanda. Por fin, se sentó en la más pequeñita. Era perfecta, pero de pronto... ¡CRAC!

—Abuelo, Trencitas rompió la silla de Osito —dijo Emilio, preocupado—. ¿Qué va a hacer?

—No te aflijas —dijo el abuelo—. Después Trencitas la va a pegar, y como nueva la va a dejar.

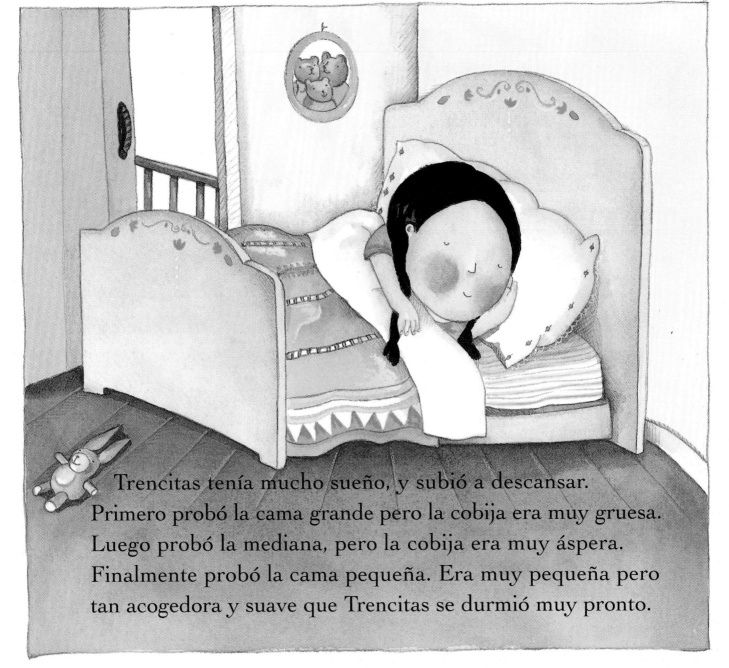

Trencitas tenía mucho sueño, y subió a descansar.
Primero probó la cama grande pero la cobija era muy gruesa.
Luego probó la mediana, pero la cobija era muy áspera.
Finalmente probó la cama pequeña. Era muy pequeña pero
tan acogedora y suave que Trencitas se durmió muy pronto.

Cuando los osos volvieron del pueblo, Papá Oso entró derechito a comer sus frijoles.

—¡Ay! —exclamó cuando vió su plato—. Alguien ha comido de mi plato.

—Y alguien ha comido del mío —dijo Mamá Osa.

—Y en el mío sólo queda un frijol —dijo Osito.

Luego los tres osos entraron a la sala.

—¡Ay! —bramó Papá Oso, al ver que habían movido su silla—. Alguien se ha sentado en mi silla.

—Y alguien se ha sentado en la mía —dijo Mamá Osa.

—Y miren mi silla, sólo quedan astillas —dijo Osito.

Con mucha cautela, los tres osos subieron la escalera hasta el dormitorio, a ver qué ocurría. Papá Oso iba adelante. Mamá Osa y Osito lo seguían.

—¡Ay! —dijo Papá Oso al entrar—. Alguien ha dormido en mi cama.

—Y alguien ha dormido en la mía —dijo Mamá Osa.

—Y miren quién duerme en mi cama —exclamó Osito, y corrió a despertar a Trencitas. Entonces a todos les dio mucha risa.

Ya se hacía tarde. Mamá Osa decidió que había que acompañar a su casa a Trencitas. Papá Oso no estaba de acuerdo.

—Otra vez nos vamos —se quejó enojado—. Y, ¿qué hay de mis frijoles?

—Mi mamá hizo frijoles —dijo Trencitas.

—Seguro que al oír eso, Papá Oso se puso contento —dijo Emilio.

—Así es —contestó el abuelo—. Y ahora te cuento qué ocurrió después...

En casa de Trencitas, la familia invitó a los osos a sentarse a una mesa muy larga con los padres, abuelos, tíos y tías, y todos los primos de Trencitas. Comieron pollo, cerdo y pescado, frijoles, salsa, tortillas y chiles picantes, de esos que sacan lágrimas gigantes. Y después cantaron, bailaron y contaron cuentos.

—Ya ves, Emilio —dijo el abuelo—, Papá Oso esperó un largo rato para comer sus frijoles. Pero al final, lo pasó genial y compartió una sabrosa comida, como tú lo harás ahora cuando lleguen tus primos.

—Abuelo, ¿ya acabó
el cuento?

—Sí, se acabó —contestó
el abuelo—. Y tu larga
espera también se acabó.
¡Aquí están tus primos!